LA BODA DE LA RATONCITA

Santillana

LA BODA DE LA RATONCITA

UNA LEYENDA MAYA

Texto de Judith Dupré
Ilustraciones de Fabricio Vanden Broeck
Traducción de Carlos Ruvalcaba

Santillana

Original Title: The Mouse Bride

First published in the United States by Alfred A Knopf, Inc., New York, and simultaneously in Canada by Random House of Canada Limited, Toronto.

©1995 by Santillana Publishing Co., Inc.
2105 N.W. 86th Ave. Miami, Florida 33122

Text ©1993 by Judith Dupré
Illustrations ©1993 by Fabricio Vanden Broeck

Printed in Hong Kong By Pearl East Printing Co.

ISBN: 1-56014-583-8

Para mis hermanas, Cindy y Susan

–J.D.

Para Nadia, Carlo y Fabio

–F.V.B.

Había una vez una pareja de ratoncitos que tuvieron una hermosísima hija.
No había ni un solo día que no se maravillaran de su perfección.

—Mira su naricita rosada, mi amor. ¿No es más delicada que una rosa en flor?

—Mira sus ojos, que brillan como las redondas piedras café del arroyo.

—Su pelo es tan suave como la luz de un temprano amanecer —decían sus padres cuando acariciaban a la ratoncita—. Ella nos lleva en su corazón.

—Sus cuatro patitas la llevarán muy lejos porque son pequeñitas y fuertes.

El solo pensamiento de que su hija fuera por la vida en medio de tantos peligros causó que el papá y la mamá de la ratoncita temblaran tan fuerte de miedo, que el movimiento hizo caer sobre ellos el rocío de las flores.

Aquella noche la pareja de ratones hizo un plan.

—Vamos a encontrar un esposo perfecto para nuestra hermosa hija, alguien tan noble y tan bueno como ella, para que siempre tenga un compañero a su lado.

Cuando la Luna salió sobre el horizonte, los papás de la ratoncita le pidieron un consejo.

—Dinos quién es el ser más poderoso del universo, porque tenemos una hermosa hija para casarla con él —le dijeron.

Y la Luna les contestó:

—Por supuesto que ése es el señor Sol. Cada mañana él me hace a un lado desde el cielo y luego brilla de tal modo que hace brotar la vida. Sin duda, el Sol es el más poderoso del universo.

Los papás de la ratoncita decidieron preguntar al Sol si quería casarse con su hija.
A la mañana siguiente la vistieron con un helecho, y fueron a ver al Sol y le dijeron:

—Señor Sol, nos gustaría que se casara con nuestra hija.

—¿Por qué yo? —preguntó el Sol.

—Porque ella es perfecta. Su naricita es tan rosada como una rosa; sus ojitos brillan como las piedras de un arroyo cristalino. Ella tiene el universo en sus manos. Usted es el más poderoso del universo; por eso usted debería ser su novio.

—Pero yo no soy el más poderoso —dijo el Sol—. Cuando el señor Nube cubre el cielo, él tapa mi luz. El señor Nube es el más poderoso, así que él tendría que casarse con su hija.

No pasó mucho tiempo y el señor Nube pasó por ahí. Cuando los papás de la ratoncita le preguntaron si quería casarse con su hija, se rió hasta que las lágrimas rodaron por sus mejillas y dijo:

—Sí; yo tapo la luz del Sol que oculta a la Luna, pero cuando el señor Viento sopla, él me aparta lejos. El señor Viento es el más poderoso, por eso él tendría que casarse con su hija.

La hierba crujió. Las hojas empezaron a cantar. Ahí estaba el Viento. Los ratones envolvieron a su pequeña en el helecho y lo miraron de frente.

—¿Por qué están aquí? —aulló el fuerte y temido Viento.

Los ratones se agarraron de un trébol para que el soplo no los arrastrara.

—Él debe ser el más poderoso del universo —susurró la señora ratona.

—¿Qué dijo? —rugió el Viento.

—Bueno, señor, nosotros queremos que se case con nuestra hija que es perfecta, porque usted es el más poderoso del universo y puede protegerla de los peligros del mundo —dijo el papá ratón, y levantó el helecho que cubría a la ratoncita para que el señor Viento pudiera ver con sus propios ojos su perfección.

—Pero yo no soy el más poderoso —dijo el Viento—, porque yo soy fácilmente detenido por el señor Muro.

Entonces el Viento lanzó un fuerte soplo contra un muro de piedra, pero el señor Muro no se movió.

—El Muro es mucho más fuerte que yo. Al Sol lo bloquea el señor Nube, a quien lo empuja el Viento, a quien detiene el Muro. Su hija, entonces, debe casarse con el Muro.

Y los ratones llevaron a su hijita a ver al señor Muro, y viendo su grandiosa altura y anchura, gritaron tímidamente:

—¿Quiere casarse con nuestra hija? Ella es perfecta en todos los sentidos y tiene que ir por el mundo con alguien a su lado. El Sol dijo que el señor Nube era más poderoso que él, y el señor Nube dijo que el Viento era más poderoso que él, y el Viento dijo que usted es más poderoso que él —y luego, levantaron la voz con timidez:

—¿Quiere casarse con nuestra hija?

—Bueno —dijo el Muro—, es verdad que yo detengo al Viento que empuja al señor Nube que bloquea al Sol. Pero mis queridos ratoncitos, hay alguien mucho más poderoso que yo. Aunque yo soy muy alto y ancho como pueden ver, yo me desmorono cuando un ratón hace su madriguera dentro de mí. Un ratón es más poderoso que yo. Por eso su hija tiene que casarse con un ratón.

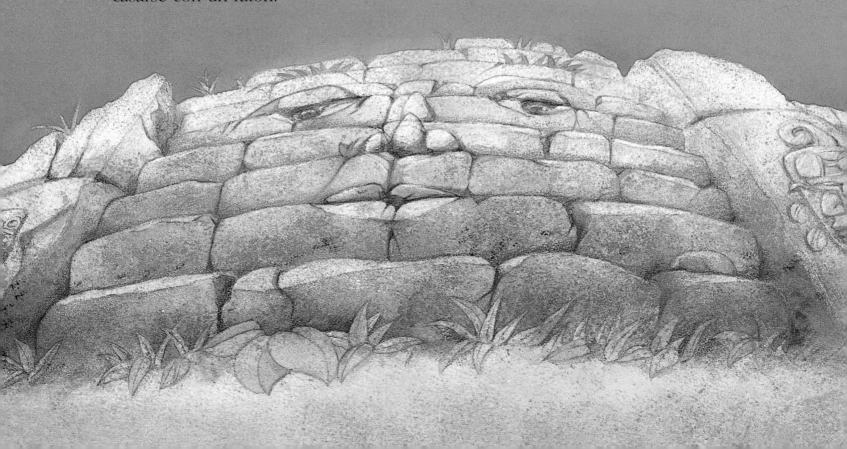

La mamá y el papá se miraron el uno al otro y sonrieron.

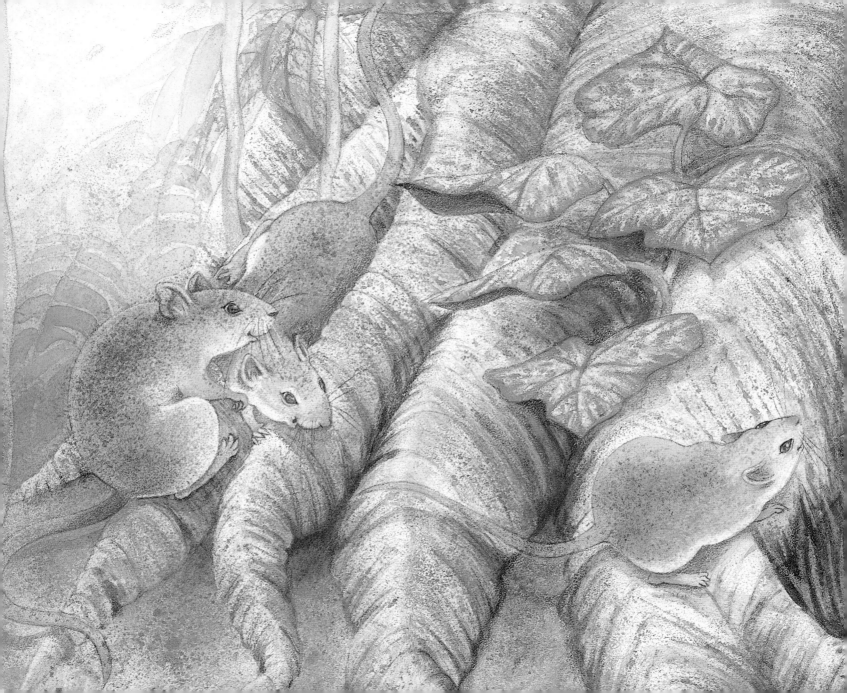

Cuando regresaron a su casa,
un perfecto ratoncito estaba
esperándolos.

La mamá ratona tejió un velo con hilo
de telaraña. El papá ratón recogió frutas y
semillas de todas las casas del vecindario.
El ratoncito buscó en el cielo la estrella
perfecta para su novia perfecta.

Al fin llegó el día de la boda.
El Sol brilló.
La Luna resplandeció.
El señor Nube lloró lágrimas de alegría, pero sólo un poquito.
El Viento refrescó a los ratones mientras bailaban a vuelta y vuelta.
Y el Muro contuvo toda la felicidad de la fiesta.

El papá y la mamá de la ratoncita agradecieron a la Luna la ayuda que les dio para encontrar el novio perfecto para su hija perfecta, y se fueron a la cama.

NOTA DE LA AUTORA

Esta historia está basada en una fábula que cuentan los indios chols, quienes viven en los bosques tropicales de Chiapas, en México. La mayoría de los chols viven en una villa cerca de Palenque, el antiguo hogar de sus antepasados mayas. Palenque es una ciudad de maravillosos palacios y templos con escalinatas cubiertas de jeroglíficos, un tipo de lenguaje gráfico esculpido en piedra. Éstos fueron construidos hace más de mil años en el corazón de la frondosa selva. Los dibujos de este libro fueron inspirados por jeroglíficos encontrados en el Templo del Sol y en el Templo de la Cruz, cuyas ruinas todavía están en pie en Palenque.

Los chols cuentan muchas historias para explicar su hermoso, aunque impredecible medio ambiente, ¡donde la temporada de lluvia dura nueve meses! Por eso no sorprende que cuando los chols hablan, sus palabras suenan como gotas de lluvia golpeteando una roca, lo que refleja su amor por la música y su gusto por el juego. Ellos no tienen un lenguaje escrito.

Mientras visitaba las ruinas en Palenque, conocí a un anciano indio chol. Él me contó la historia de la Ratoncita Novia. Este mito se cuenta y recuenta a cada generación de niños y, así, ellos pueden entender los caminos circulares de la naturaleza y vivir en paz con el severo sol y con las torrenciales lluvias de su tierra.